與妳同行

牧林／著

推薦文

《從容文學》季刊總編輯　張紫蘭

他的詩，有一種遙遠的調子。可能是他的措辭。
鄉情、親情，彷彿淡色水彩。
遙遠，就是他的主題，深刻地說。有一種詩人，很雅！
他是一個四季山水的詩人，色澤是大自然的。

生命像流水，詩人在他的佛語、紅塵中，文字前行。

二〇二三年一月

序　感情的明珠

美國奧斯汀德州大學教授　林澤民

這是大哥的第二本詩集了。我為第一本《回鄉的季節》寫了一篇序言，文中道出我們家自曾祖父以來寫詩的傳承。這本新詩集顯示大哥的詩藝進展，令人驚豔。更特別的是：詩中常用旅人的筆調寫景思情，隱然已成為大哥的風格。

錢鍾書《談藝錄》中有一段引經據典論證「衣」與「詩」的相似之處：「蓋衣者，所以隱障。然而衣亦可資炫飾，……隱身適成引目之具，自障偏有自彰之效，相反相成，同體歧用。詩廣譬喻，托物寓志：其意恍兮躍如，衣之隱也，障也；其詞煥乎斐然，衣之引也，彰也。」

這是說詩用美麗的詞句來掩飾真義，就像衣服一樣，用華美的布料來遮掩身體。兩者都同時有「隱障」跟「引彰」相反相成的作用。

大哥的詩寫景，是「彰」也。其色彩繽紛，讀來像鐵道旅人凝視窗外，景致如畫一幅幅迎面而來，教人目不暇給。然而景中有情，是「障」也。大哥詩中藏有豐富的感情，在這本新詩集中，他感情寄託的對象是「妳」。這「妳」是多元的：她可以是妻子、母親、姑姑、追夢的女人；然而她也不必然是女性：她可以是兄弟如我、讀者如你。她甚至可以是草木有佛、山水有情；可以直指天心見明月、撥開浮雲見金烏。

《與妳同行》寫景、寫情，景中有情，情中有妳。

詩集最後，我們來到已廢棄的勝興車站。在詩人筆下，老街的百年風華，「無非映出一段歲月」，「無非見證滄桑」。即使萬法俱滅，追日的旅人心中也還未忘情，他

沿著發亮鐵軌
尋找一些來不及經過的心情

撿拾幾句被遺落的詩緒

「詩人的心是遺落在人間的一顆明珠」，這本詩集是一串充滿著感情的明珠。

二〇二三年二月

自序

這些年來，寫詩成為最大的樂趣。為自己創作，一方面努力去挖掘自己的心靈泉源，一方面沉浸在提筆的快樂與成就中。

當靈感來時，筆下是瘋狂的，日以繼夜，苦思後行雲流水的瘋狂。

也許，每位寫作的人都想像如鬼斧神工般雕鑿，即使是最簡單的文字，也應該是不二的選擇。大家都希望獲得廣泛共鳴，詩篇能夠流傳。但是，憧憬往往像是浩瀚夜空裡的流星，倏然而逝。

對佛學和禪宗有興趣，詩中免不了有佛禪的主題和文字。將佛與禪融入詩裡，可以道出深遠的意境。佛禪與詩，詩與佛禪，趣在其中，不知不覺就成為偏好。

創作是寂寞的，縱然知道會有讀者喜歡自己的作品，絕大多數的迴響也在遙不可及的內心深處。

寫詩的成就，許多時候只在自我的吟詠之間，在茶香與清風之內……。

CONTENTS

第二輯 大夢

第三輯　忘憂森林

第四輯 山頂之月

第一輯

與妳同行

身影

母親的宿命
繫在乘浪的方舟

春天的嫩芽
接龍般
覆蓋了塵土沾著的舊綠
艱辛的擔子
讓風霜趕在歲月前面

我的愚拙曾讓妳掛心在漫長青春
青春卻似浣溪的流水款款漂去

輕輕的眼神
撫慰著蠶變的掙扎
輕輕如三月紛飛的柳絮

清福總在圓月的深秋開始
即使晚年
北堂的風華依舊點起一盞明燈
照亮我翩然前行的路

搖曳在窗外的簷鈴
一聲聲捎來熟悉的叮嚀
縱然
屋內只剩空幻的回音

——《從容文學》第二十九期，二〇二二年四月。

與妳同行

天空突然落著小雨
尋那慢慢長路撐起漫漫長天
與我同行
妳的腳步緩了下來

彷彿置身水中央
向山的景看起來有些清高
如妳落落的矜持
如我寞寞的驕傲

兩旁呼嘯而過的單車

讓時光回到昔日的青春
昔日的青春
好比路邊火紅的合歡

落羽松
趕在鬢白多感的時節
染紅旅人的鏡頭
染紅這片沉靜的水岸

徜徉在濃濃的翠綠中
且把風塵掛湖山
與妳同行
只為共攬一色粼粼無拘的碧水

——《從容文學》第十七期，二〇一九年四月。

註：記日月潭水社向山段徒步遊湖。

今夜的鄉愁

去逛逛久違的夜市
尋找一帖摻有故鄉水的良方

穿過沒有酒味的古老酒廠
舊時倉房顯得高大寂寞
也算酒窖夜遊吧
摸著月光

你訝異這街灼灼的燈火
盯著琳琅滿目小吃攤
像是進了大觀園

畢竟重洋歸來
七老八十的年紀

泡菜臭豆腐
是今夜寞寞的鄉愁
流光似水
聽一聽失落的跫音
舔盡那抹嗆口的辣醬

當歸鴨麵線
是今夜悄悄的鄉愁
魂牽夢縈
嗅一嗅逝去的青春
能否尋回

穿過沒有酒味的古老酒廠
風
輕輕挑動隱藏的思緒
夜幕徐涼
眾人步履緩緩
漸漸——
把歲月拋在後面

——《從容文學》第十五期，二〇一八年十月。

存活回來

你借了
聖經約伯記一句話：
「我存活回來，報信與你。」

奧斯汀的救護車日夜呼嘯而過
震撼著滿城居民
震撼起不歸的七十歲過客

老人接二連三倒下
輪番出場的病毒
莫非是上帝派出的意旨

疫情肆虐
不受拘束的自由讓你驚悚不已

曾經
不敢奢望有餘生

擔心見不到德州的陽光
夢不到魂牽的故土
也不再有機會去探望
疏離在太平洋彼岸的那些熟悉容顏

逃過異國浩劫
走在鄉關無怨無悔的長龍
你報信與我
存活回來

——《從容文學》第三十一期，二〇二二年十月。

有期

餐畢
茶未涼
你揮一揮衣袖已離去

天下大勢糾葛難解
混沌未開
黨國之困猶亂
世人尚且隱憂於疫
你行色匆匆
二柱香時間暢言豈所能盡

三年不見
故人華髮蒼蒼
歲月無饒
莫道
關山阻隔
大洋間之
君此去迢迢有期乎

——《創世紀詩雜誌》第二一三期，二〇二二年十二月。

鄉愁

為何妳底記憶
總是繞著濛濛的思念
為何妳底語言
總是帶著淡淡的鄉愁

遙遠的青山
是阿爹穩穩底臂膀
蜿蜒的溪流
是母親婉婉底雙手
那座三合院啊
捎來兄嫂款款底呼喚

阿姑
原來洛杉磯的月光也灑下靜靜底寂寞

——《從容文學》第十四期，二〇一八年七月。

告別

白馬素車空入夢
碧海青天悵輓詩

昨夜
妳迢迢歸來
歸來看我
選擇在正月初二回娘家時候
選擇在
妳將與眾人告別的日子

來看我
在我曾經深深留下足跡的舞台
不是回到——
十八載未曾踏入的
放著父母兄嫂牌位的老家

風
有些涼意
天色不夠清朗
許是沒有人為妳帶路麼
畢竟
關山阻隔
大海萬里

未能去送行
妳卻迢迢回來看我

在我曾經深深留下足跡的舞台
是告別嗎
妳似乎累了
不發一語
靜靜地斜靠在我臂彎裡

也許
我該哭泣
也許
這是妳內心隱藏的掛念吧
阿姑——

——《從容文學》第十五期，二〇一八年十月。

註：寫於戊戌年正月初二。

花蓮去來

鄉愁是一條漫漫的長路
熟悉的南迴喲
趕呀趕
趕不去咫尺迢遠的著急

鄉愁是一片藍藍的海洋
熟悉的潮聲喲
湃呀湃
湃不退遊子綿長的惆緒

鄉愁是一瞬蒼蒼的白髮
熟悉的神明喲
請呀請
請不忘老父悃款的心意
熟悉的浮雲啊——
飄來我底夢縈的託依

——《台灣現代詩》第五十四期，二〇一八六月。

蝶

在冬陽露臉的早上
妳輕輕走來
訴說這椿美麗的淡淡的遺憾
有隻蝴蝶似乎不動了
我朝陽台走去
發現牠猶做掙扎
只不知有無力氣回到矮牆外
想編織一個淒美的故事
卻
悄悄抓起翅膀放回空中
當作莊周夢化的蝶吧

想像著

——《從容文學》第十八期，二〇一九年七月。

秋蟬

秋風準備把夏打包
屋頂的折光已經偏移角度
兩眼慌忙閃躲
室內忽然添了些許寂寞

一隻秋蟬飛進來
成為寂寞稀客
繁盛的季節匆匆
好些時候沒有聽到蟬鳴
聽說
山上的銀杏開始變色

陽台玻璃擋住歸路
牠只能靜靜地留在地上
靜靜地引人遐思
在忙完一季交響樂之後

我終於走向前去
飛吧
這半日僅有的一點詩情

媽祖生

低沉的鑼鼓聲由遠而近
十八庄遶境
神轎帶領陣頭一路浩浩蕩蕩
三合院擺出香案
祖母的虔心裊裊升起

與神的距離如此接近
祝禱想必直達天聽
鑼鼓聲遠去
桌面留下掉落的灰燼

外地人像潮水般湧入
家家戶戶宛如開放流水席
難為拮据的母親
在那個艱苦的年代

一庄又一庄
年復一年
食客跟隨媽祖腳步譜成斐然采章
田園如詩
童年如夢
大里溪悄悄流逝華年
純樸的農村漸漸變調
滄桑刻畫臉上

遙遠的記憶中
龍眼樹下的童稚一樣天真

田邊小徑旁的扶桑花
依然開起燦爛

——《創世紀詩雜誌》第二〇二期，二〇二〇年三月。

追神

農曆三月
追神的季節
數百公里的路哟
漫漫腳程

有人說
那是一輛四輪的粉紅超跑
疾疾急行軍
白沙屯的神轎
衝噢
衝向角落疲弱的心靈

有人說
那是一輛八輪的豪華頂乘
曜曜耀天顏
大甲媽的神轎
扶
嗅
扶出藍綠爭鋒的英雄

鑽轎腳的男女雙膝跪伏
長龍仆地
天上的聖母啊
請聽聽卑微的聲音

長龍仆地哟
北港媽
新港媽

端坐廟中來相迎

——《葡萄園詩刊》第二二四期，二〇一九年十一月。

註：每年農曆三月，通霄拱天宮白沙屯媽祖前往北港朝天宮，大甲鎮瀾宮媽祖前往新港奉天宮，分別由二條不同路線徒步進香；來回三、四百公里，浩浩蕩蕩，傳為宗教盛事。

思古幽情

撐著泛黃的油紙傘
沉浸在這場遺世的紛雨中
趕路的書生
日落之前來到梅亭的岔口

幾輛車駕
擁擠在小攤前
吃一碗止飢的簡食
功名未取的前途
任水沿頂棚滴答落下

棚子　老麵　雨
抹上薄暮昏色的閒情
一幕思古幽意
恍然是
三百年的前世今生

——《從容文學》第十九期，二〇一九年十月。

五月五

江裡的三閭大夫猶在嗎
五月五啊
艘艘龍舟賣力划著
粽子還需投入水中餵魚麼

始於楚秦
竹葉糯米的香味飄盪了端午
艾草菖蒲與雄黃
一條細細的粽繩居然穿越時空串起漢唐
不只在汨羅
不只在江南與江北

飛越海峽
也串起這一方小小的島嶼

經過那些風和雨
讀過那些詩和辭
尋著一點亙古的味蕾
溯回中原
溯回楚地
問你
可曾記得二千載悠悠的深意

江裡的三閭大夫猶在嗎
五月五啊
我將藉一場潸然的梅雨
掩飾心底滄寞的淚滴

——《從容文學》第十六期，二〇一九年一月。

畫會

那是一種優雅的腳步
走出妳爹為牠量身打造的松木屋
輕輕躍上檯面
蹲坐成一尊貓的雕像
又好似禪修的行者

這模樣吸引我的注意
就如此畫將起來
卻也喚起妳的興趣
只好
再畫畫牠的房子

又素描妳拿筆的側影
還有
長長的秀髮

妳興致勃勃
我同樣欲罷不能
阿桂
成為畫會開場的模特兒

到了外面的街道上
妳跑來牽我的手
一路不停地說說笑笑
陽光
溫暖地照在我們臉上

——《從容文學》第十六期，二〇一九年一月。

童稚

童稚的聲音
從開門時刻響起
很快帶走沉寂冬意

空氣中
隨時間凝結的分子漸漸化開
要進入妳的世界
必須具備同樣的天真
我只好將遙遠的歲月倒帶

陽光
跟在小臉蛋後面照射過來
奔跑　跳躍
相隔兩世代
追得我有些吃力
腳步
無法倒回如妳的輕巧

妳習慣用超萌的童言
逗尋我早已失落的童心
嘰嘰喳喳
活潑的韻律像小麻雀那般
淘氣
淘氣
也許是老天送來解憂的良方

但我知曉
妳將會在華年的訊息中蛻變
蛻變成耀眼的鳳凰

——《從容文學》第十九期，二〇一九年十月。

三月裡的童顏

妳把春天帶來
在三月
輕輕放入我寂寥的心扉

陽光越過那欉盛開的龍眼花
燦爛了午後的稚顏
不同前時疏離
童真很快泛出難以抵擋的童趣
繞起我忙碌的眼睛

才蹣跚走路
卻急於蹬出步伐
宛如好奇的小企鵝
顫顫巍巍闖入大人的娑婆世界
偌大的屋子
高低不同的擺設與阻壁
是探索的童話叢林

猜不透
那些超萌的招式
猜不透
妳讓所有呵愛集一身

——《台灣現代詩》第六十七期，二〇二一年九月。

深秋的午後

不是爭妍的季節
窗外阿勃勒樹林靜悄悄地
屋裡笑顏如花
彷彿盛開般燦爛

小餐館昏黃的燈色下
幾個銀髮族興致勃勃聊起家常
無關秋風
無關那些早已飄落的鵝黃
攬盡千華
陽光似乎不甘寂寞

整日流連在街頭
一掃連日愁眉
妳提議到林間散步
隱藏的自拍神器出鞘
眾人擺換姿態
煞有介事地年輕起來
在深秋的午後

——《台灣現代詩》第五十五期，二〇一八年九月。

秋月將圓

不知魂飛何處的失落
惶惶然漂浮的鬱結
日出又日沒
你必須撐過整夜心魔

天空永遠灰濛濛
身軀
怎會成為掏空皮囊
何止一個念頭
拋棄吧
碧藍晴天

什麼時候成為黎明的奢求

在熊熊烈火中燒盡
燒盡今生前世纏繞的因果
因果讓你顛簸走過
走過寒冬
走過冷春
走過炎夏
塵心灰飛煙滅
凡情散去

你底心終於安頓在徐涼的秋
此番折磨
料想引出一椿澄澈的草堂禪默
無礙
無罣

弦月皎然出現……

聽說

這是將圓時候

——《從容文學》第二十三期，二〇二〇年十月。

註：弘一大師名句：「君子之交，其淡如水；執象而求，咫尺千里。問余何適，廓爾忘言；華枝春滿，天心月圓。」值秋月將圓之際，喜摯友病劫初癒。紅塵滄桑歷盡，人生無所缺憾牽掛，適可圓滿禪悟之時，賦詩以記之。

山水有情

尋尋
覓覓
悃悃
勤勤
為祢華麗的新居
為我高貴的祖塋
海島的先驅啊
眾人將在這有情之境吟哦
請接受山水盛情的迎迓

只為祢
披荊斬棘的壯志
只為祢
買棹渡臺的雄心
只為我
水源木本的恩澤
只為我
秋霜春露的懷思

浮海之志喲
展顏在這有情之境
展顏在——
山上的清風中

註：山環水繞，氣聚有情。有情則生財，合抱則藏風納氣。找到有情合抱的風水，這是最高的境界。

第二輯

大夢

邀達摩祖師沏茶

沏起一壺茶
讓淡淡的茶香醒我勝過窗外的雨聲敲我
為尋求一個寧靜的上午
也煮了些禪味

就邀法駕出壁吧
望著那幅一葦渡江圖
也許風大
只見寬敞的僧衣飄起
雙眼發亮炯炯
頂上的光環可是出行的威儀

看來
祖師又過江去了
等到茶涼
等到塵心清淨
仍
不見本來面目

——《從容文學》第十九期，二〇一九年十月。

新年二帖
——歲月

走過辛丑
是年獸敲開壬寅的門
在子夜的驚呼中
眾人又跌落六十甲子輪迴

炮仗花飛入夜空編織年輕綺夢
街道的鞭炮聲已然銷匿
記憶終於在歲歲月月裡斑駁
螢幕逐漸取代老邁的腳程
守著寂寞

守著一零一的煙火

——《從容文學》第二十九期，二〇二二年四月。

新年二帖
——第一道曙光

餘燼點燃新的火苗

第一道曙光
不就是昨日那落海的夕陽麼
誰讓他重新梳洗
沾了朝氣又爬上來

吸引三千寵愛

——《從容文學》第二十九期，二〇二二年四月。

夢幻泡影

葉片紛紛泛起燦爛的光
小草貼上密密麻麻的水晶碎鑽
驚奇出現在熟悉的山路旁
我張大眼睛

比起銀樓隔著玻璃的櫥櫃還要琳瑯滿目
還要真實

晨風吹了起床號
送來令人雀躍的清新
沿著溝邊抖擻冒出的綠

編出一條串起森林的翡翠項鍊
與那些鑽石光芒相互輝映

相互誘我

願把它們
鑲在唯一的妳
身上
做為一世因緣的信物
與
註記

妳說
昨夜的微雨與濃霧
造就了豐沛水氣

路人匆匆走過
沒有發現兩側的景致
哪怕
只是將要隨風消逝的泡影

我輕輕嘆息

——《從容文學》第三十三期，二〇二三年四月。

註：《金剛經》：「一切有為法　如夢幻泡影　如露亦如電　應作如是觀」。

燈火

聽說
許多星子以光的極速飛趕過來
跌跌撞撞掉了一地

打開門
妳驚問哪來這麼多燈火
眼光已隨著二十五層高樓
墜落

——《從容文學》第十八期，二〇一九年七月。

二十五層天

隱於二十五層天
是誰的主意
把這幅超大銀幕的金色夜景掛在外面
此處是不語底私密道場
下方的燈火不斷編織燦爛星河
也不斷幻化如來無言的法偈
七十四快官線與國道一比肩競速
射去疾行的流星珠串
凝望眼前熠熠閃爍的紅塵
我早已驚住
出離的禪心寂然飛過

生命如螻蟻
點點亮盞只是滄海一粟

——《台灣現代詩》第五十八期，二〇一九年六月。

大夢

離座而起
只說
無非是空

眾人驚問何以故
嘆曰
如夢中人幻滅於虛空
夢時非無
及至於醒了無所得

其言鏗鏘
頗符圓覺之意
擲地有金石之聲

妙有奧義未解
彼時
滿室之內惶然不知所措
行者
已再度乘於空無之中

諸相非相

凡所有相皆是虛妄
諸相非相

荼毒了有情眾生
它們即使戴上新冠
仍是虛妄
仍是非相

一切有為法如夢幻泡影
如露亦如電

確診復隔離
無常敲起憂鬱的門
任那切切的夢魘
任那冷冷的輓歌
一切苦厄是一瞬泡影

一瞬泡影
是千年拍打的浪花
以難捨的癡迷
叩著此岸

彼岸
在回頭處

年

午後的車陣如風
街上看起來有些忙碌
臘月已過
年關悄悄逼近

傳說年獸下山吃人
被門上的紅紙與爆竹聲嚇跑
不料遁入萬古的輪迴

打開久違的記憶
鞭炮挾著震耳欲聾的千軍萬馬

由遠而近
在小年夜的子時驚醒三百六十五個酣夢
驚醒旅人驛動的心

舞龍舞獅的陣仗
劈哩啪啦迷漫的煙硝
沒有趕走年
只能在街頭耀武揚威
人們假裝不知道
任其千載流傳

三合院內
大紅春聯更除了山河舊意
公媽桌上兩旁柑橘堆起吉利
年糕年年高
燈火熠熠

發粿與年飯插上春仔花迎接新歲
新衣新帽
散發初一到初五童稚的喜氣

自遠古以來
從沒有怯緩腳步
過年
就讓牠過去吧

——《創世紀詩雜誌》第二〇九期，二〇二一年十二月。

雞蛋花之一
——墜落

一夜急雨
打掉了半欉雞蛋花

不知什麼時候開始
陽台外面忽然亮眼起來
淺淺的蛋黃灑在樹叢上頭
像似髮梢別起許多花飾

沒有特別好看
也許吸引人注意吧
它的出現

意味著一季盛開的青春

往下望去
來不及傷感的花朵被車陣草草輾過
在梅雨的涼意裡
大疫陰影中的路人瑟縮而行
盛開的青春
等不到依序凋零
倏然墜落

我輕輕嘆息造物的匆忙

一夜急雨
打掉了半欉雞蛋花

雞蛋花之二
——乘願再來

我驀然驚訝
生生不息的契機

是不是也算輪迴
在無常的大墜落之後
迎著晨風
樹欉上又陸續長滿了花

鄰棟大樓的車道口
小小的角隅
這棵突顯的樹

不時向路人展現多姿的身段
從陽台望去
平時就像一頂綠傘
靜靜的
長青的

莫非
像疫病下
那些傷痛父母不捨的椎心
癡盼早逝的未竟因緣能夠接續
乘願再來

雞蛋花的願力
已然呈現

瘟疫

歲次庚子
值鼠輩當令

耗子在大街叫嚷——
換我們出頭
樊籠是你們今日的新愁

蝙蝠在空中張開雙翅
齜牙咧嘴
以超音波定位飛入惡夢

穿山甲蜷縮起來
無辜露出雙眼
猴子不再羨慕人間紅塵
是誰在述說這場因果

——《從容文學》第二十三期，二〇二〇年十月。

噤聲

妳說
宇宙彷彿有一種神祕
大家都噤了聲

教堂裡一排排棺木
醫院外也是一排排棺木
焚化爐日以繼夜不停燃燒
方艙內
上千的床在等待
為那些苦難的病患

街上有路倒的無助者
垃圾袋居然穿來當防護衣
不休不眠的白衣人
沒有怨言
只見淚流滿面的愁容

神秘
是不是毀滅的力量
大家都噤了聲
瘟疫
悄悄來臨

——《從容文學》第二十二期，二〇二〇年七月。

隔離

築起一道無形的防線
只因你從海外來
只因你接觸到不可接觸之人

餐廳在桌上立起隔板
食客彷彿進了天子底下的闈場
人與人變得疏離

市區
開始玩起閃躲的遊戲
電梯內
也能排出九宮格

不踏出大門
束縛留下十四圈窒息的心情
不敢越雷池一步
就怕已遭定位的手機通風報信

才知撐食難消受
擋不住3C又來餵到飽
你可是——
那隻飛入瘟疫季節的籠中鳥

——《從容文學》第二十二期，二〇二〇年七月。

但飲一杯雄黃

白雲捎來
端午沉沉的鄉愁
國道
不見往日塞車潮
看那北漂的遊子
渺渺無歸期
哭泣引出
寅夜切切的夢魘
確診

疫魔何故忙掀牌

繫那稚女的驚懼
茫茫無依怙

哀傷譜下
晨風冷冷的輓歌
病毒
隨處猙獰在光天

嘆那無奈的藩籬
惶惶雨中別

掛一束菖蒲
避五月盡出的百邪
蒼天有淚

無語卻蹣跚
不唱離騷
但飲一杯雄黃

——《從容文學》第二十八期，二〇二二年一月。

註：寫於辛丑年端午。

法會

觀自在菩薩
行深般若波羅蜜多時
照見五蘊皆空

般若心經的法音
急急切切
迴盪在斗室之內
為瘟疫的蔓延向菩薩祈願
那是我與妳莊嚴的小小法會
早晚課
以朗朗的虔誠

依般若波羅蜜多故
心無罣礙
無罣礙故
無有恐怖

因緣的種子
在漫長的季節等待
赫赫啟蟄的驚雷
落在今朝

是大神咒
是大明咒
是無上咒
是無等等咒

我欣欣然迎妳於奇妙的菩提
讓水火的蒼生乘這艘法船
乘這艘法船

度一切苦厄

——《從容文學》第二十二期，二〇二〇年七月。

註：新冠肺炎疫情蔓延，佛光山號召各界誦持《般若波羅蜜多心經》一百零八部，向觀世音菩薩許願。（一、三、五、七段分別為心經部分經文）

度化

妳緩緩走近
帶著淺淺笑意
沒有愁容
沒有徬徨
似乎也沒有無明

歷劫歸來
塘邊依舊寧靜
水中的蓮朵悄悄盛妝
競相迎妳
以菩薩座前的光燦

菩提道上
往事如煙飄過

我問
業力如何轉變
妳淡淡地說
昨夜
遠山已度去浮雲

——《台灣現代詩》第六十二期，二〇二〇年六月。

同學會

彷彿是化妝舞會
大家戴著藏不住風霜刻痕的面具進場
為辨識久違的純真
習慣地拿起名牌掛上

以餐敘舊行之多年
熱絡起端只因記憶裡依稀的名字
歲月無情蒼老
少時熟悉的容顏
一次比一次陌生了

曾有一個故事
去同學府中做客
彼此不相識

曾有一個故事
看到滿臉皺紋的童伴
方知自己老之將至

一群人努力沉醉在遙遠的氛圍中
無非談些陳年往事
政局情勢
邇來病痛
那些昔日的趣聞
津津樂道
這些當今的話題
慷慨激昂

儘管口沫橫飛
秋風
已將此山綠葉催黃
飄零的缺席
永遠不會再回來

——《台灣現代詩》第五十七期，二〇一九三月。

牽引

軀體
在流逝的青春裡萎縮
背漸漸駝
頸漸漸彎
那條龍骨不時以酸痛表達無言的抗議

小小的治療室
歐巴桑七早八早來搶位
時間方到
先來一節熱敷串場
電療只能當是安慰劑

牽引才是主戲
緩緩有如溫柔的雙手
機器試圖拉回累積的壓迫
計時表在規律的節奏中跳動
體內一次又一次感受掙脫的舒鬆

幾乎都是常客
每一處僅只容身的座位
擁擠在安靜的氛圍
此處
是這些人勤修的道場

——《華文現代詩》第二十三期，二〇一九年十一月。

巨擘

歷經嚴師
走過淬鍊歲月
你莫非是上天指派的使者

數十年磨一劍
百般盡在談笑間
瞠目結舌的狠準是真功夫
拇指因使力粗大
聲名早在杏林傳開

近慕遠來
你儼然是一指刀的巨擘

菩薩畏因
眾生畏果
勤勤鑽研醫理
談果
你已知因

菩提道上
你藉肉身為眾生苦口說法
眾生懵懂
一個個苦苦嚐辛

貼牆是基礎功課
一根長桿是脊背的標竿

你的話語冷冷嚴峻
悲憫的心竟隱於深意

也許你曾感觸
憑著萬物之靈的智慧
為何有這麼多前仆後繼的椎骨累劫

註：寫物理治療巨擘人一吳定中院長

針灸

九點的診
七點半開始搶頭香
醫者名氣大
常常吸引外地人

老病患交換心得
七嘴八舌倒也十分興致
不想湊熱鬧的
只好各自端坐起來

療床邊

噓寒問暖語未歇
幾十細長針飛快刺入
武林高手出招
萬箭刀山相去亦無遠

前接後繼
一條沒有間斷的長龍
等待
僅僅為領受針苦
去消今生病業

我非談笑自若關雲長
曜曜杏林
你是華陀在世間

——《台灣現代詩》第六十期，二〇一九年十二月。

第三輯

忘憂森林

忘憂森林

誰說的
爬上三四十度數不清陡坡彎路
可以找到沒有煩惱的水窪

是前往海拔兩千的天堂路麼
九二一堰塞水潭
一隅的杉木林因水而枯

好像剛削過的鉛筆
一支支咄咄問天
幾片雲朵趕來遮擋

渲白了藍空

咄咄問天
人間何以煩憂

如鏡的水面映出
傳說裡秀麗的風光
迷霧在幻想中飄來
分不出天上人間

妳於是明白
忘憂的魔法如此之大

浮雲
枯木
鏡中影

我走入森林
卻已悄悄出離這紅塵

——《從容文學》第二十五期，二〇二一年四月。

山居浮影

那山澗挨過乾旱
躲過疫情
再度咆哮起來
在銀杏橋下

我說
六層瀑布吧
妳卻回
七疊八疊聲聲落
以奔躍亂石的動盪

紅頭柳杉依舊飄著雲氣
遠山向陽處
依舊灑上一片金黃
未知
啃樹的松鼠何時罷休

幾隻猴子大喇喇端坐山口
眈眈逼視來往過客
看樣子
森林早已全面淪陷

午後的急雨
下起整整一柱香
濕透滿山翠綠
沒有淋濕竟日的閒情

——《從容文學》第二十八期，二〇二二年一月。

又見風鈴木

聽說
撩人的風潮又起
那幾棵盛開的鵝黃
艷了整個山城

莫非趕在三月與群芳競妍
從季節掙脫
連著花邊裙襬的風鈴由樹梢成千迎來
眩惑所有眼睛

拜倒裙下
只為
一地的落英染黃草綠
這輪秀場鬧得風風火火
不是金色的袈裟
是紅塵舞衣

——《從容文學》第三十期，二〇二二年七月。

煙火花

煙火花宛如煙火花

長長的梗冒出細細花瓣
誰在這裡點燃仙女棒
誰賣力秀著迷你的煙火

國道之東一隅
花彷彿綻放的煙火
煙火卻是夜空竄起的花
在
新年的一零一高樓

造物者無心
是誰
模仿了誰

——《從容文學》第三十期，二〇二二年七月。

山雨

想像一場夢魘
烏雲遮天
前不著村後不著店

是英雄
誰人沒有走過這片江湖

雨落
傘花倏然盛開
奼紫與嫣紅驚了滿山翠綠

雨驟
泛泛之徒慌亂下山
高手一一跌入傘中
水瀑形成難以脫逃的金鐘罩
只能沉坐打盹
大雨不能淋濕初心

偌大森林
鳥雀及松鼠早已匿跡銷聲

雨歇
眾人稍整衣冠
寶劍入鞘

遠處
山嵐悠然升起

——《從容文學》第二十四期，二〇二一年一月。

雨林

妳早已卜得
是一個將雨的午後

天色忽然轉暗
登山人紛紛動身離去
水滴開始掉落
聲音由輕叩漸漸轉為萬馬奔騰

長亭裡
奔騰的心很快淡定
妳說

何不聽一場雨
在環顧無人被鎖困的林間

於是
僅有的二位賓客陷入主場節奏
沉浸在千軍的躁動
客串配角的那些林木瑟縮起來
任憑肆虐
風沒有參與
松鼠與群猴始終噤聲匿跡

看著階梯步道蛻變為工整的跌水
看著伸出簷外的綠藤被雨順勢而下
在木框圍成的水窪畫出漣漪
我終於忘情
忘情在這座雨林

——《台灣現代詩》第七十二期，二〇二二年十二月。

長亭外

長亭外
一方被眾神遺漏的淨土
藏在巨大的林間

林木如何退縮是個謎
上頂藍天
也許森林的守護者忘了覆蓋
悠閒的浮雲也來窺探
聳入青空的杉木全天候開起圓周會議
以最高視野討論地球氣候的變遷

立冬已過季風可以不來
炙熱秋陽為何不去

濃密的針葉映入眼簾
再也管不了那麼多
這裡不是臭氧層的破洞
我只相信
前面有一場芬多精的豐盛饗宴

迫不急待飛奔過去
盡情
像是飢渴的嬰兒緊緊吸吮母乳

草坪頭追櫻

想陪妳趕上一趟完整的花季

沿著溪畔
雲霧瀰漫的山邊好像潑墨
是梅子的故鄉嗎
夢工廠在編織布農族的故事
我不禁好奇起來
但願來得及買幾則歸去

一直下著細細雨絲
雨絲

把草坪頭的憧憬點點淋濕
許多枝頭已經冒出新葉
新葉
遮蔽了天際

遲到的櫻花似乎無精打采
看樣子放不開身段招展
走入燈籠小徑
拾起一度散落的心情
雨愈下愈大
腳步開始躊躇

今年又慢了
原想陪妳趕上一趟完整的花季

——《台灣現代詩》第七十期，二〇二二年六月。

喧嘩

連日大雨
撐飽水份的峰巒
沿著凹處岩床匯集蜿蜒溪流
不見前不見後的

這溪
急著下山吧
不顧一路嶙峋巨石
跌跌撞撞

奔水喧嘩
平靜的森林
如此動盪起來

——《從容文學》第二十期，二〇二〇年一月。

雨後

空氣變得清涼舒暢
傘上的水滴不再滑落

嘹亮的啾聲劃破深山寧靜
林鳥亢奮地傳遞心情
那些縮蜷在雨中的蟄伏
彷彿獲得新生

不等眾人發出讚嘆
我已惦惦凝神
傾聽一場悅耳的高音

——《從容文學》第二十期，二〇二〇年一月。

山莊

以孟宗之名
以文采之風
以芬多精之華
我僕僕落腳於斯

「黛寫遠山人似玉
花迎小閣夢初香」

孟宗套房黛玉花香
幽靜與浪漫在時空交錯
竹簡刻寫的詩詞掛在裡裡外外

山莊獨領一代風騷

喜歡那份清新古樸氣質
樓台庭園囿於濕氣略顯斑駁
年輕可掬的笑靨
悄悄掩去莊園流逝的華年

窗外孟宗竹林高大挺拔
寫盡一叢勁節
卻映出久遠的記憶

針葉森林鬱鬱蒼蒼
取之不盡的負離子與芬多精
誘引了無數被歲月追逐的腳程

以孟宗之名
以文采之風
以芬多精之華
我勤勤落腳於斯

註：記孟宗山莊。

三訪銀杏森林

那一次
杏葉飄零
聽到山輕輕的嘆息

再度入林
秋風正忙著一一著色
猶如初上的街燈
淺妝淡抹不見誘顏

幽幽未期
車子在狹窄林道大玩接龍

一輛緊挨一輛
耀眼的金黃迎面而至
趕在霜降之前
扇形葉終於優雅變身
大崙山上
千扇正以千姿的風采熠熠演出

路過
邂逅了一場驚喜

——《葡萄園詩刊》第二二九期，二〇二一年春季號。

森林走馬燈

三個月沒有上山
杉木林還是如此翠綠
那一段柏油路卻陌生了
走起來不太聽使喚

入口處
依舊擠滿那些吵雜的銀髮族
負離子與芬多精是必修的天然學分
山區掛著台大的招牌
也可招徠六七千人

松鼠活躍在林間樹上
天天探看走馬燈式的遊群
以居高臨下的姿態
為芸芸眾生註記腳程

——《從容文學》第二十期，二〇二〇年一月。

濃霧

巨木群有何心事
悄悄搬來重兵封山
濃霧趁暮色集結
迅速鎖住一千以上高度

不同於封城
困不住飛蛾般上山的人群
朝聖的神咒持續發酵
為償宿願
森林信徒如斯進出迷陣

水氣迎面撲來
濕意加添起冬意
泛著微微亮光
是誰
把晶瑩剔透的水珠灑落草地
白了妳的帽頂
白了我髮梢僅留的青春

蜘蛛連夜在林間佈下的天羅地網
穿戴一襲珠光之後
全部露餡

——《創世紀詩雜誌》第二一一期，二〇二二年六月。

神檜之死

午後的風吹來淡淡哀傷
白耳畫眉不再高唱
針葉樹林靜靜地列隊相送
這檜樹之神崩落事件
從山上迅速傳開

兩千年修持
終究留駐在生滅的輪迴

那些人如此圈圍
像似就地興築的陣亡紀念碑

供蒼生憑弔最後遺容
以拾階而上的高台

是木乃伊嗎
碩大的軀幹已附生其他綠意
路
因巨木撲地而繞過
憑欄俯視
對著赤裸裸的舞爪根部
我不覺惻隱起來

針葉林的私語

稍涼時節
放緩腳步的遊人佔滿了走廊長椅
森林以密集的靜態迎面貼近

拋開往日的匆促
眼神順著粗大樹幹攀升
新意在密密麻麻的葉尖上躍動
林木是一群聳立的巨人
巍峨的樣子讓我頓覺謙卑

上頭的陽光和煦
大樹忙著竊竊私語
針葉微微搖晃彷彿手之輕舞
瞧這光景
秋風已從西方趕來傾聽——

看啊
那些不能入定的族類又在腳下穿梭
來來往往
牠們是忙碌的人蟻

——《從容文學》第二十一期，二〇二〇年四月。

行腳僧

揹著行囊
左手撐起山杖
右手扶長傘
頭頂寬大邊帽
宛如行腳僧

在重巒裡尋訪靈氣
行行復行行
前面的林木濃密
仰之彌高
望之彌遠

眾生絡繹於途
有上去的
也有下來的
不為名
不為利

只為
道在山頂
道在雲深芬多精

——《從容文學》第二十期，二〇二〇年一月。

妖怪村

來到森林外的村莊
其名妖怪
大白天四處點著燈籠
遠處灰霧籠罩
長空混濁
往裡面看去
有些妖氣的樣子

閻王的珍饈
黑心冰品
更有

妖怪的食堂與宿店
招牌處處驚悚
那些食物都是美味
這國度群魔亂舞

鮮豔大紅加上茅屋頂
堆疊了村的奇異
只見
遊客熙來攘往
都是善良平常人
有看戲
有逛街
也有用餐的
到底是人間
還是魔的世界

滿腹狐疑
卻不見
哪隻妖現形來照面

——《從容文學》第二十期，二〇二〇年一月。

森林歌聲

歌聲
從遠處傳來
攜帶吉他的唱者
以渾厚的男音
迴盪了森林

坐在階梯上
手持登山杖的銀髮族
聽他詮釋滄桑
聽他勾憶流水年華
打賞的鈔票大方出籠

紛紛投入
那只包裝起流浪宿命的花色紙箱
眾人似乎無意離去
時間悄然凝住一份懷情
整排掛在廊前的大紅燈籠如醉如癡
高聳的百年杉木張開滿山針葉
豎耳傾聽

三根長杆上的旗幟
卻
輕輕舞動風信

——《從容文學》第十九期，二〇一九年十月。

註：溪頭青年活動中心遇走唱歌者。

銀杏林

山上的天氣有些濕涼
妳提議繞過去看看
那片被秋風造訪過的銀杏林

翠綠至深綠
曾在春夏展盡風華的扇形葉
不知甚麼時候也趕時髦挑染起來
透著光線
樹梢上的迷彩令人驚訝
驚訝季節的魔法

拾起暈渲出黃邊的葉片
我陷入款款的秋情
只怕歸去
滿山杏林匆匆換了金裝

——《從容文學》第十八期，二〇一九年七月。

溪頭神木

滾滾紅塵最慈悲的一場施捨
負離子
芬多精
妳說
它是不打烊的森林百匯

群群男女
在漫長林間接龍
從八方來
只為吸吮一山精華

或許合將涅槃
劫數教兩千年神話巍巍倒下
立禪與臥禪之間
徒讓無常再度做出印證
般若不變
香客不滅

我遲遲趕來
吃力地走在二千公尺長的坡道上
憑弔這木之神
憑弔那已逝的青春

——《台灣現代詩》第五十六期，二〇一八年十二月。

茶鄉

為尋找失落的季節
昨夜夢中
妳把大崙山的銀杏浪漫了

羊灣為起點的坡道
三公里人煙稀少
兩旁孟宗竹蒼蒼遼闊
誘我如名導般搜尋
一處可供劍俠飛鬥的場景

不遠處
茶園毗連迎至
那些山理起平頭
又剃出紋路
好像寵物剪毛造型
瞧起來已非熟悉的峰嶺

系列小徑
讓畫面顯得生動
不同的圖案有不同的風景
煞是好看

忘掉落葉的嘆息
也忘掉恩仇的武林
眾人陷落在一峰一峰的茶鄉
遲遲其行

——《從容文學》第二十一期，二〇二〇年四月。

註：南投縣鹿谷鄉大崙山，海拔一二五〇～一五〇〇公尺。原為大片孟宗竹林地，一九九〇年遭農害，竹林大量枯死，農民紛紛轉種烏龍茶樹，面積達一百多公頃。因水土保持需要，加種銀杏林樹種。孟宗竹、茶園、銀杏林共譜成大崙山觀光特色。

秋遊快活林

驕傲一夏的豔陽
終於降低身段
山路呈現舒涼誘惑
揹起行囊
沿途接受芬多精慷慨的供養

遠近看不到人跡房舍
偶見趕路山友
陶醉在兩旁翠綠清新
遊群漸拉漸遠
周遭陷入沉寂無聲的世界

孤獨的感覺隨著晨風輕輕襲來

沒有都市塵囂
也不見鳥獸
踽行的路漫漫
在不覺覓處的頂峰
一片寬闊針葉林
豁然迎至
薄霧裊裊如仙境

——《從容文學》第二十一期，二〇二〇年四月。

第四輯

山頂之月

司馬庫斯

窗外
雲霧在不遠處飛騰
陽光卻穿透整排玻璃
灑進十度世界的咖啡香內

帶著朝聖的心情顛簸
終於無法顧得一路翻攪的腸胃
上帝的部落
想不到如此崎嶇難行

摻雜陽光和風
竟然飄起微雨
高海拔的山境確實不同
那些靠近天堂的木屋想來也不勝這寒

揹負早期無電的失落
族人沒有被遺忘
神木群悄悄一旁護衛
餐廳的燈火始終熱鬧明亮

儘管
颯颯的北風一直在外面徘徊

——《創世紀詩雜誌》第二〇六期，二〇二一年三月。

註：司馬庫斯，位於新竹縣尖石鄉。相較於其他原住民部落，開發甚晚，是全台供電最慢（民國六十八年）的地方，並遲至民國八十四年才鋪設車行道路。因地處偏遠，海拔一五〇〇公尺，開發不易。早期族人生活艱困，曾被稱為「黑暗部落」。民國八十年，神木的發現帶動觀光資源，部落逐漸走出窮困，並以共同經營制度繁榮發展。
泰雅族傳統文化中，嚴格禁賣土地，認為土地是不可動搖之根。他們守護家園，土地屬於上帝，部落屬於上帝，經過長期堅持與努力，「黑暗部落」終於轉變為「上帝的部落」。

卑南遺址

山麓底下
沉睡五千年
藏了曾經被遺忘的世界

屬於新石器時代的故事
遠眺溪流與海洋
茅草屋坐西朝東為哪椿
彼時的童顏想來也如旭日般燦爛

石具
讓狩獵與農耕的生活不再笨拙

地穴裡密密麻麻堆疊的矮牆
是一幅跨越時空的裱畫

那些陶玉器飾啊
譜出精美文明赫赫篇章
指向都蘭山的石板棺
記載著聚落人相同的歸途

蒼穹漠漠
綠草欣欣
月形石柱亙古屹立
不語冷冷
神秘的卑南文化
只能憑弔
在遺址輕輕寂寞的晚風中

——《從容文學》第二十二期，二〇二〇年七月。

海洋劇場

路口的觀景台
百步蛇鮮明的圖騰順著圓柱盤繞
往大門望去
椰子樹靦腆地在一旁列隊
擺出南國風味

沒有琵琶的琵琶湖
不是燦顏季節的蓮花池
花架隧道高雅地貫穿公路串起兩側森林
單車乘上海風飛馳
草地與林木靜靜地為公園畫出景致

感覺有些華麗
那是一條通往劇場的專用道
漂流木沿著路邊收藏
芒草不著痕跡地流浪周邊
木麻黃仍然扮演海風侵襲的防衛者
震耳欲聾
不時低空掠過的戰機
賣力穿插3D實境秀

海的呼聲愈來愈近
立體超大銀幕的視野豁然呈現
千軍萬馬的浪濤日復一日震撼演出
為生命詮釋大洋的威力

——《台灣現代詩》第六十一期，二〇二〇年三月。

安通濯暖

串起歲月縱軸
昔時行館寂寞地座落一旁
安通溪畔淡淡的硫味
讓濯暖的湧泉傳說百年滄桑

扶疏藏在迴廊彎處
軟金燈色撒下夜的誘網
池裡的熱氣騰騰升起
思緒卻被懷舊的山水牽絆

屋內杯觥交錯
窗外水榭流光
沒有配景的樂音
只見旅人僕僕的慕情
因那亭台樓閣
為這池曲幽暖湯

靜靜地
少了吉他的溫泉鄉
飄著
輕輕的水煙
漾著
今晚淺淺的柔顏

——《台灣現代詩》第六十五期，二〇二一年三月。

註：安通溫泉發現於西元一九〇三年，是花蓮縣玉里天然的湧出式溫泉。日據時期以全檜木的日式平房做為日本警察廳招待所，也是當時日籍總督行館。光復後因政府缺乏經費未開發，後轉為民營整修擴建為溫泉飯店。日式平房已由文建會列為歷史建築，並以「安通濯暖」列入花蓮八景之一。泉質極佳，帶有硫味。

三仙台

穿過蜿蜒的岩礁與林投
撐起細雨
去尋訪傳說的三仙

呂洞賓
何仙姑
還有那位李鐵拐
未知神人在否
聽說
島上美得像天境

八拱橋
宛如一條舞動的彩帶
飛躍海面
是仙人跳的足跡
還是凡夫訪道的幽徑

頂著七級強風
佇立岩上
我終未曾一探究竟

——《從容文學》第二十一期，二〇二〇年四月。

山頂之月

二千海拔觀景台
縮短了星空的距離
嫦娥已悔偷靈藥
廣寒宮的月依然如此淒清
冷風颼颼
酷白寂寂映照群峰
涼透這般幽幽長夜

黎明前
小火車摸黑奔往祝山
整晚無眠的玉兔終於低下身段

左窗探頭
轉個彎蹦到右窗
圓潤可掬的臉龐
騷動起追日的旅人

——《從容文學》第十三期，二〇一八年四月。

高山落霞

晚霞彩繪著天際
絢麗的刺繡居然鑲起金線
凌空落下的火球
演出最後一場自焚的焰舞
映紅了西邊

無辜的高山雲層
遂成為
夕日熊熊墜海的深淵

——《從容文學》第十三期，二〇一八年四月。

阿里山日出

小火車擠沙丁魚似的在暗夜奔馳
奔向黎明的祝山
車底下不斷傳出單調的軋軌聲音
妳欣欣然接受這款老式催眠
無視窗外串場的一輪皎月

人群聚集在觀日平台
老解說員津津道來
述說歷史
述說與日神一甲子的印證

六點五十分
屏息的時刻鴉雀也無聲
天幕的揭序在剎那間充滿神奇
啊——
東邊的火球竟如所料準點登場
前方山頭漸漸由暗轉亮
旭日微微閃動懾人的光芒
秒秒躍升山峰

眾人癡癡佇立
沉醉在日復一日不斷初生的喜悅
在輪迴大夢
在凜冽的山風中

——《葡萄園詩刊》第二二八期，二〇二〇年冬季號。

繡花季節

石頭串起的飾鍊
打造了不顯眼的璞色鑲邊
路旁那一片蒼翠素顏
被妝點得貴氣起來

巧思
毫不吝惜呈現
團團錦簇自綠葉叢蜂湧而出
我驚嘆
滿園的多彩

是誰
用雙手繪製這幅夢幻
沿著蜿蜒小徑
溪流
揚起年輕的浪漫
人群魚貫進入畫中
爭睹一季繽紛

青龍也罷
松瀧也罷
高懸的瀑布暫且高懸
花與繡球的憧憬正悄悄漫開
今世的情
讓山神做見證

註：記杉林溪繡球花季。

發財金

發財金
釋放出動人誘惑力
循著殿前那爐柱香裊裊飄入
許多凌空欲飛的夢

土地公
土地婆
還有石頭公
小小宮廟
人群擁擠地接成長龍
神祇啊

照顧這麼多眾生的願

我是那善男
我是那信女
神祇啊
請傾聽卑微的誠
請賜予發財的運

有借
有還
且將薄本變得萬利來
神祠聲名遠播
只因
福德靈驗昭然

——《台灣現代詩》第五十九期，二〇一九年九月。

千山

寺
隱於重巒疊翠林間
佛
藏在渾然天成岩內
山門
獨以闊綽的莊嚴迎向十方

彌勒寶塔啊
仰之彌高的峰頂
教我陷入一階一階的梯

古剎龍泉啊
曲徑通幽的禪林
教我落入一進一進的景

未遇見落霞飛紅
也無銀裝素裹
只看到磅薄的千山朗朗
與
松勁蒼蒼

——《從容文學》第十七期，二〇一九年四月。

註：千山，位於遼寧省鞍山市東南十七公里處，總面積四十四平方公里，素有「東北明珠」之稱，為國家級重點風景名勝區。主峰高七〇八・三公尺，山峰總數九百九十九座，故名千山。千山彌勒大佛，為天然岩石形成，不經人工雕琢，高七十米，肩

寬四十六米。龍泉寺，係千山五大禪林中，現存最大佛寺，歷史悠久。

登虎山長城

守著
代代帝王永世的江山
巨龍伏在虎山脊背
依勢蟠踞
丹東
萬里高牆的起端
遙想當年金戈鐵馬
沿途的烽台啊
火煙一起

勝過百里快駒
那些沙場持刀的英雄

遙想當年血淚斑斑
陡峭的天梯啊
因山而成
翻越艱難險阻
那些嶺上築城的苦役

緩緩走上城樓
幽幽揣度曾在此處留下的足跡
我見到斜陽的餘暉寞寞
不捨地灑在每個角落

——《從容文學》第十六期，二〇一九年一月。

長白山訪雪

遠來
只因長白之盛名
皚皚的山啊
為誰白頭

怕瑟縮寒意
懼腳下濕滑薄冰
帶上久蟄情懷
我忐忑走向夢幻之境

積雪厚厚覆蓋整個世界
眼神興奮地忙碌搜尋
壯闊的景致快速擄獲人心
圍欄
阻擋了登峰的路

遠來
只因長白之盛名
天池
終究拒痴痴的我於山下

——《從容文學》第十六期，二〇一九年一月。

鴨綠江巡禮

子民諾諾
江水悠悠
斷橋彈痕累累
而
東山濯濯

一邊燈火明亮
歌舞繁華
一邊崗哨密佈
深暗色的服裝包裹著深暗色的心靈

開放與未開放之間
蒼天默默

——《從容文學》第十七期，二〇一九年四月。

註：記鴨綠江兩岸中朝兩國鮮明對比。

本溪水洞

水洞不經意地在地底蜿蜒
石灰岩有何心事
滴下的晶瑩淚水終於凝成瑰麗鐘乳石

壯闊隱藏在遼東群山之下
為呈現絕世的獨美
支支倒掛的利劍
遂成為懸吊的石林

可能慕名吧
玉皇天尊

太上老君
福壽雙星
一夥天神都避暑來了

老鷹
猴子與大象
各方動物沿途紛紛凍成石雕
也許
牠們只想沾些靈氣

註：位於中國遼寧省本溪市東郊，全長六千米的本溪水洞是世界最長地下暗河。洞中鐘乳石遍佈，極其壯觀。而天然形成的各種形象被當地人依型取名，十分有趣。

大溪寶塔寺

八方來
八方去
地藏殿上頭
一層一重天
一框一罈位
這裡是諸靈的歸宿

層層排排列
排排層層疊
窄窄通道料想可供魂飛出入
金碧輝煌

天工巧奪
有緣千里終相鄰

佛心泉
般若橋
菩薩道
青松來依序
鳥嘴也含煙
四五月油桐妝夏雪
山水有情
大溪豈只如畫卷

——《從容文學》第十四期，二〇一八年七月。

註：鳥嘴含煙：金面山為大溪第一高山，高約六百六十七公尺，位於桃園大溪東部；由於山形像鳥嘴，又稱鳥嘴尖。因山頂常有雲煙繚繞，像極「鳥嘴含煙」，名列大溪八景之一。

山水有情：何謂有情？曲則有情。有情合抱，何謂合抱？左右拱衛，前後呼應。有情則生財，合抱則藏風納氣。山環水繞，氣聚有情，這是最完美的境界。

掛單三峽金光明寺

午後
謁佛而來
在雨中

古宮殿撐起北隅輝煌
道場巍巍
欄楯皚皚環繞
看那
看那
大玉佛慈眉高坐
未見到

佛指舍利珍奇

想一宵來意
聽一場淅瀝
觀一窗早課朦朧僧影
黎明本初的禪心
豁然昇起

齋畢
向佛告假而去
在雨中

——《從容文學》第十四期，二〇一八年七月。

註：掛單：指行腳僧到寺院投宿。

告假：佛們禮儀之一。佛門皈依弟子離開寺院之前，需到佛前禮佛三拜，向諸佛、菩薩、龍天護法、（常住三寶）師（僧）告假（請假之意）離開寺院。告假是離開，銷假是回到寺院。

來意：指生命之來意。

佛指舍利：二〇〇二年間，千載一時，因緣至為殊勝難得，大陸陝西法門寺珍藏千餘年的佛指舍利恭迎來台時，曾至寺供養，吸引八十多萬人瞻仰禮拜。

北海道場

遠離塵囂
北海岸唯美的道場矗立在細雨紛飛中
兩旁櫻花未以盛裝迎我
敞開底城門卻包容起淋濕的佛心
聽一段奇譚
轉動不可思議經輪
興致提振了妳秋涼午意
一百零八偌大佛珠輕輕撫遍
我驀然發覺
三十三法相觀音早已化出千手
向芸芸眾生召喚

——《台灣現代詩》第六十四期，二〇二〇年十二月。

紫蘭

我們相約去看紫蘭
微熱的山丘當伴手禮
也帶了浪漫的心

款款而談好比多年舊交
從生活到創作
由兄弟飯店到春水堂
門口火紅的天堂鳥是今日火紅的詩意

一壺烏龍不夠
再來金萱

話題如茶水不斷加入杯中
窗外
下起紛雨
屋內
文學是一盆千年不熄的薪火

道別
茶香依依未盡
不熄的薪火竟讓捷運迷失方向
台北車站的人潮
在暮色裡
逐漸將眾人的語聲淹沒

——《從容文學》第十九期，二〇一九年十月。

追夢的女人

為圓一個夢
她辛苦打造自己想要的世界
邊做邊想
從日出到日落
追逐著山上夕陽
急急忙忙
趕在黃金的季節

為圓一個夢
她學做餐點
不畏油煙

邊學邊賣
哪怕雙掌粗糙
任汗水浸濕六月暑氣

越過荊棘
走過崎嶇
她離開戍守多年的城堡
邁向另一座山
無視不捨的眼神
帶著堅定笑意

夢裡
典雅樸質
窗外綠串垂掛
咖啡香淡淡飄逸
那是她——

喜悅的國度

——《從容文學》第十二期，二〇一八年一月。

註：記勝興車站十六份人文茶館女主人秀津創業夢。

勝興車站

古老的車站
傳說
古老的故事

昔日的小小驛場
在陡彎四零二高度走過風光
十六座蒸餾灶
十六份驛
翻開蒸汽火車扉頁
爬坡往事幽幽
倒退衝刺煙雲流逝

多少原鄉的念頭
來此探訪蜘絲馬跡
憑弔木造站廳
遙想當年隆隆光景
沿著發亮鐵軌
尋找一些來不及經過的心情
撿拾幾句被遺落的詩緒

這般窄窄街道
舊木色迎面而來
鋪裡擺放了——
世代承襲的客庄鄉食
古味的糖果與童玩
任門牆斑剝
無非映出一段歲月

無非見證滄桑

——《從容文學》第十二期，二〇一八年一月。

註：一、早年勝興車站站址附近，有十六座蒸餾樟腦的腦灶，因而地名十六份；車站舊稱十六份驛，後因行政區屬勝興村，改為勝興站。一九九八年縱貫路新山線通車，屬舊山線的勝興站隨即停駛，成為熱門觀光景點。

二、勝興車站海拔四〇二．三二六公尺，是台灣鐵路最高點。坡度陡，爬坡困難。

南端：為讓北上的火車上坡，巧設一段反向坡度的折返線，讓火車倒退到此，再利用下坡力道向前衝刺；南下車因恐下坡衝力太大，則設有安全側線，利用反向坡度減低衝力。

北端：為有名的「十六份坡」，列車無法通過最長、最彎的大爬坡考驗時，就需動用到動輪最多的「火車母」上場；此段彎道是台鐵最有名攝影景點之一。

後記

《與妳同行》是繼二〇一七年出版的《回鄉的季節》之後，筆者的第二本詩集。間隔六年，時間不算短，創作雖未曾中斷，但是寫作速度並不快。作品以生活為題材，可以說是人生的紀錄與詮釋，也是一種生命意義的延續。

寫作，需要有靈感，靈感需要有觸發的氛圍，這種氛圍在風光明媚的園林中更容易孕育。提筆寫詩，從西湖渡假村開始；感謝創辦人陳英聲董事長，從威泰建設到渡假村，數十年不渝的信任與支持，讓一個工程人走出文學方面的興趣。

本書總共收集了八十五首詩，分為四輯：

第一輯——與妳同行

敘述親情、友情以及懷遠的詩情。

〈身影〉一詩，是在母親百歲冥誕那年的母親節所作。秋霜春露，歲序遞更，母親的身影長存子女心中。思親慕情，但願以此詩做為永遠的懷念。

〈與妳同行〉敘述夫妻相依相行。年輕的激情之後，歲月漸老，舉手投足是一世牽掛的柔情，是不必言語的摯愛。

生逢紛擾不安的時代，多少人離鄉背井，多少遊子帶著淡淡的鄉愁回來，復又歸去。親人去來，未免增添惆悵。這一輯，是以鄉愁相關的題材較多。

第二輯——大夢

滾滾紅塵，人生無非黃粱一夢。昔日輕狂少年，而今已經白髮蒼蒼。如果能夠契入佛法，面對人生的起落與生命的無常，或稍可釋懷。

大疫連年，許多珍貴的生命很快殞落。死者驟去，生者何辜，豈只老人，更有來不及成長的年輕生命。白髮人送黑髮人的悲傷，痛失愛子盼能乘願再來的哀痛，其誰堪忍。

人與人的距離遠了，為了防疫，社會變得疏離。疫情百態，在這輯中有深入的描述。

第三輯——忘憂森林

退休後，和許多人一樣走入森林。溪頭森林和南投山區成為平時不可缺少的行程，溪頭森林是中部人的最愛。多少銀髮族三天兩頭走溪頭，只為吸收芬多精與負離子。

晴天有晴天的山景，雨天有雨天的體悟。飛鳥鼠猴是森林的原住民，去溪頭，必須融入並欣賞牠們的作息。濃霧和山雨是森林時常更換的場景，生活在森林裡，有太多的新鮮與樂趣，那是一個忘憂和放下的世界。一草一木，點點滴滴都是寫作的題材。到了人生這個階段，生活的重心也在此。

第四輯——山頂之月

此輯以遊訪為主軸。在二千公尺海拔的山上，觀月別有一番滋味，一種清晰冷冷的感覺。可能是微塵少的緣故吧？還是距離月更近，看得更清楚？

清晰，可以使得觀察更透澈。世事多元，紛紛擾擾，登高行遠可以更貼近不同的人文景物，洞悉不同的國情風俗。

年歲愈長，外出旅遊愈增不便，遠行漸少；若能遊於山林，在禪機中飲一尊風月，足矣。

國家圖書館出版品預行編目

與妳同行 / 牧林著. -- 臺北市 : 致出版,
2023.05
面； 公分
ISBN 978-986-5573-56-0(平裝)

863.51 112004883

與妳同行

作　　者／牧林
出版策劃／致出版
製作銷售／秀威資訊科技股份有限公司
114 台北市內湖區瑞光路76巷69號2樓
電話：+886-2-2796-3638
傳真：+886-2-2796-1377
網路訂購／秀威書店：https://store.showwe.tw
博客來網路書店：https://www.books.com.tw
三民網路書店：https://www.m.sanmin.com.tw
讀冊生活：https://www.taaze.tw

出版日期／2023年5月　**定價**／300元

致 出 版　**向出版者致敬**